Aristotle

ネコのアリストテレス

ディック・キング=スミス 作
ボブ・グラハム 絵
石随じゅん 訳

評論社

ARISTOTLE
by
Dick King-Smith

装幀
川島 進(スタジオ・ギブ)

子《こ》

ネコのアリストテレスは、ネコには九《ここの》つの命《いのち》がある、ということを知《し》りませんでした。おかあさんは、もちろん知《し》っていました。でも、おかあさんは、こう考《かんが》えたのです。

「この子《こ》には、おしえないことにしよう。それでなくても、この子《こ》はむこうみずで、きょうだいじゅうでいちばん、こわいもの知《し》らずだから。じぶんに命《いのち》が九《ここの》つあるとわかれば、どんなにあぶないことでもやりかねないわ」

そういうわけで、アリストテレスが、あるおばあ

さんにもらわれることになったときにも、おかあさんは、ただひとこと、「さよなら」としか言《い》いませんでした。

　そのおばあさんは、とても変《か》わった顔《かお》をしていました。まるでくちばしのようにとがった鼻《はな》と、つきでたあご。おまけに、着《き》ている服《ふく》といえば、なにからなにまでまっ黒《くろ》で、ぼさぼさのしらが頭《あたま》には、まっ黒《くろ》いとんがりぼうしまで、かぶっています。おばあさんは、ベラ・ドンナといいました。この人《ひと》が、子《こ》ネコに、アリストテレスという名前《なまえ》をつけたのです。

「ほんとなら、黒《くろ》ネコを飼《か》うところなのさ。だけど、たまには白《しろ》いのも、気分《きぶん》が変《か》わっていいだろう」

　はじめてベラ・ドンナの家《いえ》に連《つ》れてこられた日《ひ》のこと、アリストテ

レスは、このへんてこなボロ家《や》を、上《うえ》から下《した》までぜんぶ、しらべてみたくなりました。というか、ほんとは、下《した》から上《うえ》まで、です。だって、アリストテレスはまず、一階《いっかい》にある部屋《へや》をひとつのこらず見《み》てまわり、それから、二階《にかい》の部屋《へや》をすみからすみまで見《み》て歩《ある》き、そのあと、屋根《やね》に上《あ》がっていきましたからね。

屋根《やね》は、わらでできていました。だから、壁《かべ》のツタさえよじのぼってしまえば、あとはかんたんです。アリストテレスは、わらぶき屋根《やね》をすいすいのぼって、えんとつのところまで行《い》きました。

アリストテレスは、とても知《し》りたがりやです。ネコというのは、みんなそういうふうにできているので、しかたありません。だから、えんとつによじのぼると、どうしても、中《なか》をのぞいてみたくなりました。

この穴《あな》は、なんだろう？

ちょうどそのときです。けむりが、ぼわっと上《あ》がってきて、アリストテレスの顔《かお》のまんなかに、ぶつかりました。それをすいこんだアリストテレスは、たまらずに、ゲホンゲホン、ハクションン。そのひょうしに、ぐらっと、からだがよろめいて、あっというまに、えんとつの中《なか》に落《お》ちてしまいました。

またちょうどそのとき、ベラ・ドンナが、かまどに火《ひ》をつけました。そこへ、大《おお》きなすすのかたまりが落《お》ちてきて、火《ひ》が消《き》えたかと思《おも》うと、そのあとから、子《こ》ネコが落《お》ちてきました。白《しろ》いネコが、魔女《まじょ》のぼうしみたいに、まっ黒《くろ》くなって。

「いいかい、おまえさん。いまので、九《ここの》つの命《いのち》のうちのひとつを、なくしたよ。えんとつにすすがたまってて、よかったよ。さもなきゃ、焼《や》け死《し》ぬところだったじゃないか。一人前《いちにんまえ》のネコになりたければ、もうちっと気《き》をつけないといけないね、アリストテレスや。命《いのち》は、あと八《やっ》つしかない」

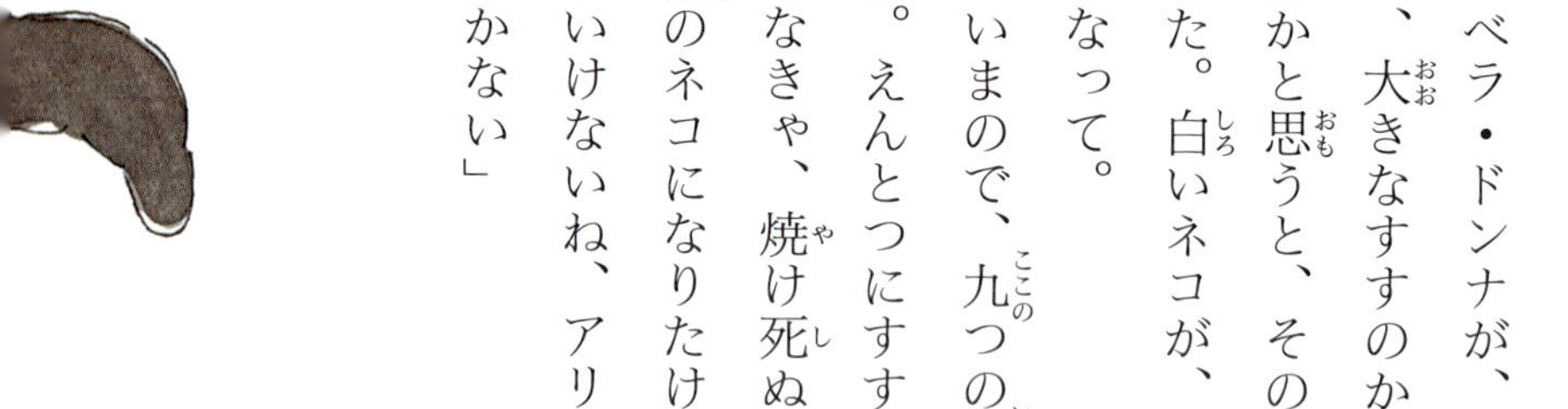

さて、大《おお》そうじです。ベラ・ドンナは、すみに立《た》ててあった大《おお》きなほうきで、キッチンのすすをはきました。

それから、かまどにもう一度《いちど》、火《ひ》をつけました。それから、湯《ゆ》わかしをかけ、お湯《ゆ》がわくと、大《おお》きなブリキのたらいに入《い》れました。

それから、アリストテレスをつまみあげて、たらいに入《い》れ、すすいで、せっけんであらい、それから、もう一回《いっかい》すすぎました。

アリストテレスは、うれしいのといやなのとが半分半分《はんぶんはんぶん》。だって、アリストテレスはネコだから、きれいずきです。白《しろ》ネコにもどれるのはありがたい。だけど、やっぱりネコだから、おふろはだいきらい。でも、ベラ・ドンナがタオルでふいてくれ、そのあと、肉《にく》の入《はい》ったおさらを目《め》のまえにおいてくれた

ので、しまいにはこう思《おも》いました。このご主人《しゅじん》は、わるくもなさそうだ。
アリストテレスは、なんの肉《にく》だか考《かんが》えもせず(じつは、カエルの足《あし》とカタツムリをまぜたのに、ダンゴムシの油《あぶら》いためを、そえたものでした)、とてもおいしくいただきました。そして、おさらのごちそうをぺろりとたいらげると、かまどのまえに寝《ね》そべって、ぐっすりねむりました。

目《め》がさめると、ひとりぼっちです。おばあさんがいません。キッチンのドアはぴったりしまっていて、それから、ほうきがありません。

おばあさんがどこへ行《い》ったのか、そんなことは、アリストテレスにはわかりません。ただひとつわかっているのは、さっき食《た》べたごちそうと、かまどの熱《ねっ》のせいで、のどがかわいてたまらない、ということ。

そこでアリストテレスは、なにか飲《の》むものはないだろうかと、キッチンの中《なか》を、うろうろと歩《ある》きまわりはじめました。

すると、目《め》がみつけました。テーブルの上《うえ》に、あんなに大《おお》きくて重《おも》そうなつぼが、おいてあるじゃないか！

そこで、ひらりとテーブルにとびのっ

て、つぼの中《なか》をのぞきました。

すると、鼻《はな》がみつけました。ミルクみたいなものがいっぱい入《はい》ってる！　アリストテレスは、なんのミルクだか知《し》りませんでしたが（じつは、ぎゅうにゅうとヤギのミルクとヒツジのミルクをまぜたのに、ハトミルクをすこし、たらしたものでした）、前足《まえあし》をつぼにつっこんで、ミルクをかきまわしました。

すると、耳《みみ》が知《し》らせました。おいしそうにチャプチャプチャプしてる！

前足《まえあし》を引《ひ》き上《あ》げて、なめてみました。

すると、舌《した》が言《い》いました。うまい!!

アリストテレスは、つぼのふちに足《あし》をかけると、頭《あたま》をつっこみ、むちゅうで、がぶがぶ飲《の》みはじめました。そのうち、ミルクのかさがへるにつれて、アリストテレスのからだも、だんだんふかく、つぼの中《なか》に入《はい》りこんでいきました。とうとう、つぼがひっくりかえるまで。

夜中《よなか》のちょうど十二時《じゅうにじ》ごろ、ベラ・ドンナが帰《かえ》ってきました。キッチンのドアをあけて、すみっこにほうきを立《た》てかけたとたん、とんでもなくなさけない鳴《な》き声《ごえ》が、聞《き》こえたのです。

のこり火《び》の明《あ》かりで見《み》えたのは、テーブルの上《うえ》でさかさまになった大《おお》きなミルクつぼと、一面《いちめん》のミルクの海《うみ》。なさけない鳴《な》き声《ごえ》は、ひっくりかえったつぼの中《なか》から聞《き》こえてきます。

ろうそくに火《ひ》をともして、つぼを持《も》ち上《あ》げてみると、そこにいたのは、白《しろ》かったのがもっと白《しろ》くなり、びしょぬれどころか、もっとびしょびしょぬれにな

った、みじめな子《こ》ネコでした。

ベラ・ドンナは、アリストテレスをあらうために、もう一度《いちど》、お湯《ゆ》をわかしなおしました。それから、もう一度《いちど》、タオルでアリストテレスのからだをふいて、かわかしてやりました。そのあと、もう一度《いちど》、アリストテレスにむかって言《い》いきかせました。

「いいかい、おまえさん。これで、九《ここの》つの命《いのち》のうちの二《ふた》つめが、なくなったんだよ。つぼがひっくりかえって、よかったよ。さもなきゃ、つぼにはまって、ミルクの中《なか》でおぼれ死《し》ぬところだったじゃないか。もうちっと気《き》をつけないといけないね。そうしないと長生《ながい》きはできないよ、アリストテレスや。命《いのち》は、あと七《なな》つしかない」

すっかりからだがかわいて、あたたまった子《こ》ネコは、黒《くろ》い服《ふく》のおばあさんを見上《みあ》げて、じっと聞《き》いていました。その声《こえ》を聞《き》いていると、なぜか、気持《きも》ちが落《お》ちつくようでした。

ベッドに入《はい》るまえ、庭《にわ》に出《だ》してやりながら、ベラ・ドンナがアリストテレスに言《い》いました。

「おまえさん、ミルクをたくさん飲《の》んだだろ。これいじょうキッチンをよごされたくないんだよ」

そして、あとはひとりごと。……まったく、なんていたずらぼうずなんだろう。まだきのう来《き》たばかりだってのに、もう命《いのち》を二《ふた》つも使《つか》いはたしたとはね。このぶんじゃ、まともな魔女《まじょ》ネコになれるかどうか……。

ところが、それからしばらくのあいだ、アリストテレスはめんどうをおこしませんでした。まる一週間《いっしゅうかん》というもの、白《しろ》

い子《こ》ネコはぎょうぎよく、おりこうにしていました。もらった肉《にく》を食《た》べ、もらったミルクを飲《の》み、カーテンやいすのカバーに爪《つめ》など立《た》てず、家《いえ》の中《なか》をよごしもせずに。

それどころか、その週《しゅう》の終《お》わりには、トイレを使《つか》うことまでおぼえたのです。

「はじまりはよくなかったけどね、アリストテレスや、いまは、よくやってるよ。このちょうしで、わるさとは縁切《えんき》りとねがいたいね」

ベラ・ドンナはそう言《い》いながら、ふしくれだった長《なが》い指《ゆび》を組《く》みました。

アリストテレスがもらわれたのがふつうの家《いえ》なら、ねがいどおりになったかもしれません。

けれど、ベラ・ドンナの家《いえ》は、いたずらずきな子《こ》ネコにとっては、あぶなすぎる場所《ばしょ》でした。

家《いえ》は、ちょっとした木立《こだち》の中《なか》にありました。まわりには大《おお》きな木々《きぎ》がそびえ、その下《した》を川《かわ》がながれています。木立《こだち》の片《かた》がわはくねくね道《みち》、反対《はんたい》がわは高《たか》い土手《どて》になっていて、その上《うえ》を鉄《てつ》道《どう》の線路《せんろ》がとおっていました。

また、近《ちか》くに農家《のうか》があって、そこには大《おお》きな犬《いぬ》がいました。

アリストテレスのつぎの冒険《ぼうけん》は、木《き》の上《うえ》ではじまりました。

高《たか》いところにのぼるのがすきなような気《き》がし

てきたアリストテレスは、このごろ、よく壁《かべ》のツタをのぼってわらぶき屋根《やね》へ上《あ》がり、てっぺんの棟木《むなぎ》の上《うえ》にすわっていました（えんとつには、ぜったい近《ちか》よりませんでした）。この止《と》まり木《ぎ》のような場所《ばしょ》は気《き》に入《い》りましたが、そこから見《み》ると、屋根《やね》の上《うえ》なんて、まだまだひくいほう。まわりの木々《きぎ》は、もっと高《たか》いところまでのびているのがわかりました。

ある晴《は》れた朝《あさ》、アリストテレスは、一本《いっぽん》の木《き》をえらんでよじのぼり、いちばん下《した》の枝《えだ》まで行《い》きました。

それから、つぎの枝《えだ》へ。

また、つぎへ。

じぶんがとてもりこうな子《こ》ネコのような気《き》がして、つぎからつぎへと、枝《えだ》をのぼっていきました。
ところが、高《たか》くのぼればのぼるほど、枝《えだ》はほそくなり、ゆれやすくなります。気《き》がついたときには、てっぺん近《ちか》くで、風《かぜ》にゆれるほそい枝《えだ》にしがみついている、みじめな子《こ》ネコになっていました。
見下《みお》ろすと、地面《じめん》は、おそろしいくらい遠《とお》いかなた。しかも、風《かぜ》が強《つよ》くなってきたようで、ますます枝《えだ》がゆれます。
アリストテレスは、くらっとしたとたんに思《おも》わず手《て》をはなし、ギャッと悲鳴《ひめい》をあげて、下《した》へ落《お》ちていきました。

　幸運《こううん》なことに、ちょうどそのとき、ベラ・ドンナが、あけはなしたキッチンのまどから、外《そと》を見《み》ていたのです。そして、子《こ》ネコの悲鳴《ひめい》を聞《き》き、落《お》ちていくすがたを見《み》ました。

　アリストテレスは、両手《りょうて》を大《おお》きく広《ひろ》げ、くるったようにしっぽをぐるぐるまわし、下《した》へ、下《した》へ、下《した》へ……木《き》の枝《えだ》にぶつかってはずみながら落《お》ちていきます。

「どうか、川《かわ》に落《お》ちてくれますように」

ベラ・ドンナは、ほうきをひっつかんで、外《そと》へとびだしました。

きっと運《うん》がよかったのでしょう、アリストテレスは、大《おお》きなしぶきをあげて、水《みず》の上《うえ》に落《お》ちました。川《かわ》の水《みず》はとてもつめたく、流《なが》れはとても急《きゅう》でした。アリストテレスは、そそりたつ岸辺《きしべ》に、ひっしにはいあがろうとしますが、ただもがくばかり。はねちらした水《みず》を、がぶがぶ飲《の》みました。

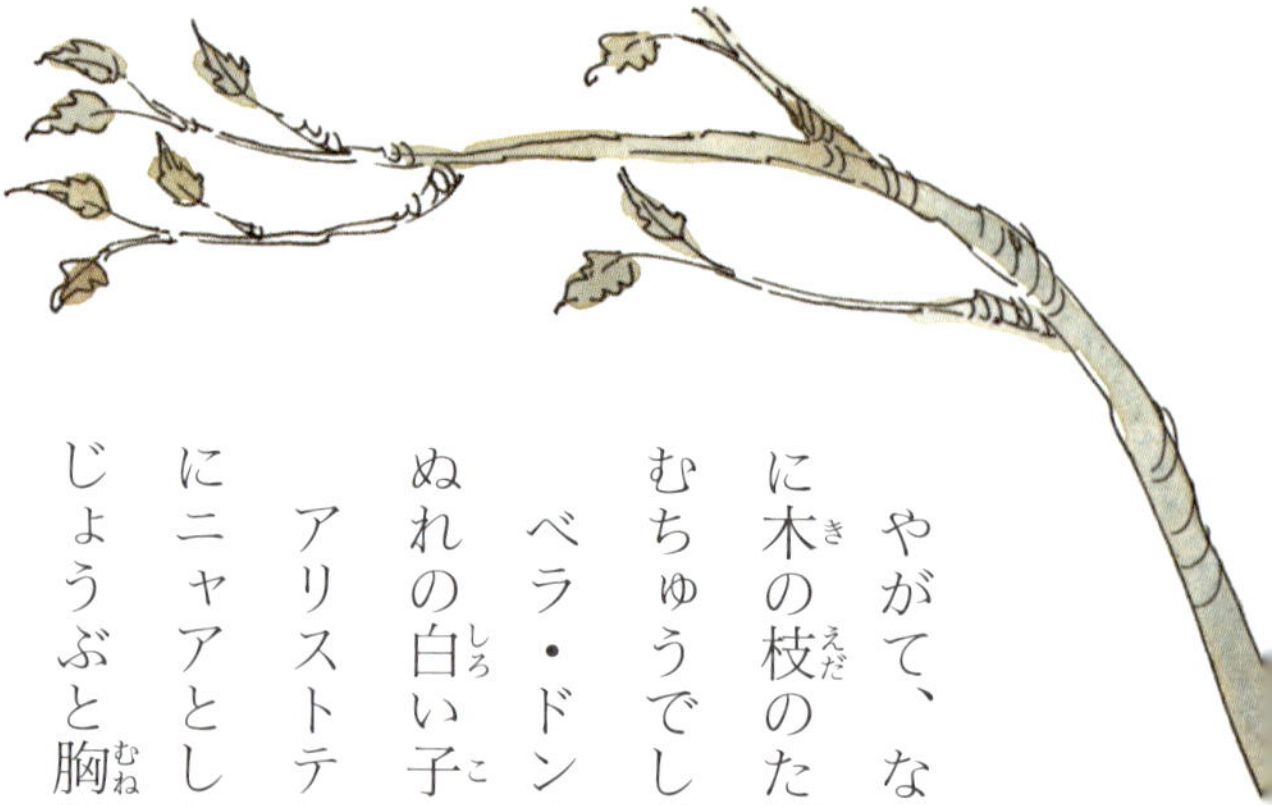

やがて、ながされていくうちに、目《め》のまえに木《き》の枝《えだ》のたばみたいなものが見《み》えたので、むちゅうでしがみつきました。

ベラ・ドンナは、ほうきを引《ひ》き上《あ》げ、ずぶぬれの白《しろ》い子《こ》ネコをすくいあげました。

アリストテレスは息《いき》もたえだえで、かすかにニャアとしか鳴《な》けませんでした。もうだいじょうぶと胸《むね》にだいてやると、ほうきにしがみついたのとおなじくらい強《つよ》く、ベラ・ドンナにしがみつきました。

家《いえ》に連《つ》れて帰《かえ》り、からだをふいてやってから、ベラ・ドンナはアリストテレスに言《い》いました。

「いいかい。こんどは、いっぺんに二《ふた》つの命《いのち》をなくしたよ。木《き》から落《お》ちて、首《くび》の骨《ほね》を折《お》るところだったし、ちっちゃな肺《はい》が、川《かわ》の水《みず》でふさがるところだったよ。おまえさんをこの世《よ》にとどめておくには、すこしばかり魔法《まほう》の力《ちから》がいるようだね。まったく、もっと気《き》をつけないといけないよ、アリストテレスや。命《いのち》は、あと五《いっ》つしかない」

それから、だいぶ日《ひ》にちがたちました。かなりの日《ひ》にちがたちました。そのあいだに、アリストテレスは、お湯《ゆ》にも水《みず》にもつかることなく、木《き》の枝《えだ》からも、えんとつからも落《お》ちることなく、ミルクつぼにもはまらずに、すこしずつ、子《こ》ネコから大人《おとな》のネコになっていきました。

ベラ・ドンナぐらいりこうな人《ひと》じゃなかったら、このぶんでは、アリストテレスはもう、めんどうをおこす時期《じき》をすぎたかもしれない、と思《おも》うことでしょう。

ところが、ベラ・ドンナはちがいます。たしか

に年《とし》をとっているし、やせてガリガリだし、見《み》かけはへんてこではあるけれど、ベラ・ドンナは、すばらしく知恵《ちえ》のある女性《じょせい》でした。

それで、その知恵《ちえ》が告《つ》げるのです。この白《しろ》ネコは、まだまだじぶんの命《いのち》をへらすことだろう。だから、まだしばらくは目《め》をはなさずに、気《き》をつけていなくてはいけないと。


大人《おとな》になってきたアリストテレスには、いろいろなことがわかりはじめました。たとえば、ベラ・ドンナは毎日《まいにち》、昼《ひる》のうちはほとんど家《いえ》にいるけれど、夜《よる》になるといつも、どこかへ出《で》かけていきます。キッチンの火《ひ》のまえで寝《ね》ているアリストテレスを一人《ひとり》のこして。

アリストテレスは、たまたま、ネコというとても目《め》がきく動物《どうぶつ》に生《う》まれついているので、ベラ・ドンナが夜出《よるで》かけていくとき、かならずほうきを持《も》っていくことにも気《き》がついていました。さすがに、その理由《りゆう》までは、まだわかりませんでしたが。

昼《ひる》のあいだ、ベラ・ドンナはとてもいそがしかったので、どんなにアリストテレスを見《み》はっているつもりでも、ついつい目《め》をはなしてしまうときがありました。

たとえば、ベラ・ドンナはしょっちゅう、なにかを煮《に》こんでいます。アリストテレスには、中身《なかみ》がなんだか、さっぱりわかりませんでしたが、キッチンのかまどに、まっ黒《くろ》い、大《おお》きな鍋《なべ》をかけて、ぐつぐつと。

なんの煮《に》こみかはともかく、どうやらこの鍋《なべ》は、よくかきまぜないといけないようでした。

ある日《ひ》のこと、ベラ・ドンナが、むちゅうになって鍋《なべ》の中身《なかみ》をかきまわしているのをいいことに、アリストテレスは、そっと家《いえ》をぬけだして、散歩《さんぽ》に出《で》かけることにしました。

じつは、アリストテレスには、ずっとまえから、知《し》りたくてたまらないことがあったのです（だってネコだから、しかたありません）。それは、ときどき林《はやし》のむこうからひびいてくる、大《おお》きな音《おと》のことでした。
ガチャンガチャン、プスンプスン、それから、ピーッという耳《みみ》をつんざくような音《おと》。その音《おと》は、まるで、なにかがこっちへやってくるかのように、だんだん大《おお》きく、うるさくなったかと思《おも》うと、こんどはまるで、なにかが遠《とお》くへ行《い》ってしまうかのように、だんだん小《ちい》さく、しずまっていきます。
この日《ひ》は、パチパチというかまどの火《ひ》の

はぜる音《おと》と、グツグツという鍋《なべ》の中身《なかみ》が煮《に》えたぎる音《おと》にまぎれて、キッチンのベラ・ドンナには、ガチャンガチャン、プスンプスンの音《おと》が聞《き》こえませんでした。けれど、ピーッの音《おと》が鳴《な》ったとき、いつもよりずっと大《おお》きくて、いつもよりずっと高《たか》くひびいたような気《き》がしました。

あわててキッチンを見《み》まわし、アリストテレスをさがしましたが、かげもかたちもありません。

もしも見《み》ている人《ひと》がいたら、そのあとのベラ・ドンナの動《うご》きのすばやさに、おどろいたことでしょう。まず、持《も》っていたしゃくしを、鍋《なべ》にほうりこみました。つぎに、鍋《なべ》を火《ひ》からおろしました。それから、部屋《へや》のすみに立《た》ててあるほうきをつかむと、家《いえ》をとびだしていきました。

家《いえ》から鉄道線路《てつどうせんろ》の走《はし》る土手《どて》にのぼるまで、アリストテレスの足《あし》では、たっぷり五分《ごふん》かかりました。けれど、ベラ・ドンナはたちまち線路《せんろ》に着《つ》き、おそろしいものを見《み》ました。

線路《せんろ》の上《うえ》を白《しろ》ネコが歩《ある》いています。両《りょう》がわにつづく鉄《てつ》の棒《ぼう》のにおいをかぎながらすすみ、すぐうしろに汽車《きしゃ》が来《き》ているのに、気《き》づきもしません。汽車《きしゃ》は、ガチャンガチャン、プスンプスン音《おと》をたて、そして線路《せんろ》のネコにむかって、くるったように警笛《けいてき》を鳴《な》らしています。

白《しろ》いネコによくあるように、アリストテレスは、すこし耳《みみ》がわるかったのです。それで、いまにも汽車《きしゃ》がじぶんの真上《まうえ》に来《こ》ようというときまで、その音《おと》に気《き》づきませんでした。

でも、そのとき、ベラ・ドンナの声《こえ》が耳《みみ》につきささりました。

「アリストテレス！　ふせて！」

と、悲鳴《ひめい》のようなさけび声《ごえ》。

「ふせて、ふせて。じっとして、ひげ一本《いっぽん》も動《うご》かすな！」

あのおそろしさは、アリストテレスだって、わすれられません。それからはもう二度《にど》と、鉄道線路《てつどうせんろ》には上《あ》がらなくなったほどです。なにしろ、プスンプス

32171

ンと音《おと》をたてるエンジン、ガチャンガチャンとすさまじくゆれる客車《きゃくしゃ》が、線路《せんろ》のあいだにふせた、からだのすぐ上《うえ》を——ほんの三《さん》センチぐらい上《うえ》を、とおりすぎたのですから！

まわりがしずかになったので、ようやく、アリストテレスは目《め》をあけました。こわくてこわくて、かたく目《め》をとじたままだったのです。

すると、ベラ・ドンナが線路《せんろ》のわきにいて、ほうきによりかかっているのが見《み》えました。アリストテレスはそばにすっとんで行《い》き、むちゅうで足《あし》にからだをこすりつけました。

「いいかい。こんどこそはあぶなかったねえ、おまえさん。言《い》ったとおりにふせたから、よかったよ。気《き》をつけないといけないね、アリストテレスや。命《いのち》はあと四《よっ》つしかない」

ベラ・ドンナは、ビーズのようにひかる目《め》で、しみじみアリストテレスを見《み》つめて言《い》いました。

林《はやし》のはずれに、ベラ・ドンナが、ミルクとたまごを買《か》いに行《い》く農家《のうか》がありました。家《いえ》のうらには庭《にわ》があって、そのまんなかに、木《き》でできた犬小屋《いぬごや》がありました。

アリストテレスは、もうほとんど大人《おとな》のネコになっていたので、よくベラ・ドンナについていて、農家《のうか》まで歩《ある》いていきました。白《しろ》いしっぽをゆらゆらさせて。

はじめてアリストテレスといっしょに農家《のうか》に行《い》ったとき、ベラ・ドンナは、門《もん》のところで立《た》ちどまり、犬小屋《いぬごや》を指《ゆび》さして言《い》いきかせました。

「あれに近《ちか》づくんじゃないよ。さもないと、とんでもないことになるからね。おかみさんのところに行《い》ってくるあいだ、ここに、じっとしておいで」

そのあと何度《なんど》か行《い》くたびに、アリストテレスは、門《もん》のそばにじっとすわり、犬小屋《いぬごや》の暗《くら》い入《い》り口《ぐち》をながめていました。やがてある日《ひ》、ちょっと中《なか》をのぞいてみようと思《おも》いたって、庭《にわ》を横切《よこぎ》っていきました。

近《ちか》づいていくと、変《へん》なにおいがします。いままでかいだことのないにおい。なんだか知《し》らないけど、くさいにおい。

もっと近《ちか》づくと、変《へん》な音《おと》が聞《き》こえました。だれかがいびきをかいているような音《おと》。

アリストテレスはネコですから、知《し》りたがりやです。犬小屋《いぬごや》の入《い》り口《ぐち》に頭《あたま》をつっこみ、中《なか》の暗《くら》がりをのぞいてみました。そこには、ものすごく大《おお》きな動物《どうぶつ》が、ばかでかい頭《あたま》を前足《まえあし》にのせ、はらばいになって、ぐっすりねむりこんでいました。この動物《どうぶつ》が、あのにおいといびきのもとだったのです。

たまたま、アリストテレスは、まだ一度《いちど》も、犬《いぬ》を見《み》たことがありませんでした。だから、たいていの犬《いぬ》は、ネコがあんまりすきじゃないってことを、知《し》らなかったのです。ただ、この動物《どうぶつ》のにおいはひどくくさいし、いびきの音《おと》も耳《みみ》がいたくなるほどなので、このままそっとしておいたほうがよさそうだ、と思《おも》いました。しかも、いびきのあいまにくちびるがめくれ、とがった歯《は》がずらりとならんでいるのが見《み》えます。

この犬《いぬ》は、農家《のうか》の番犬《ばんけん》だけあって、大《おお》きいだけでなく、とても凶暴《きょうぼう》でした。太《ふと》い首《くび》のまわりに、重《おも》い鋲《びょう》を打《う》った皮《かわ》の首輪《くびわ》をはめていて、その首輪《くびわ》からじょうぶなくさりがのびて、その先《さき》は、犬小屋《いぬごや》のボルトにとめてありました。

アリストテレスは夢《ゆめ》にも思《おも》いませんでした。このあと、のこりの四《よっ》つの命《いのち》をいっぺんになくしかけるとき、このくさりにすくわれることになるなんて。それからの二《に》、三回《さんかい》は、ベラ・ドンナと農家《のうか》へ行《い》っても、アリストテレスは、ただすわって、においをかぎ、いびきを聞《き》き、犬小屋《いぬごや》をながめるだけで、まんぞくしていました。ところが、ある日《ひ》、ベラ・ドンナがたまごとミルクを買《か》っているあいだに、ちょっと行《い》って、あの変《へん》な動物《どうぶつ》を見《み》たいという気《き》になったのです。まえとおなじように、おそるおそる犬小屋《いぬごや》の暗《くら》がりをのぞきました。まえとおなじように、ばかでかいからだを見《み》ました。

ところがそのとき、とても不運《ふうん》なことがおこりました。犬小屋《いぬごや》のわらから、ほこりがとんだのかもしれません。または、あのくさいにおいのせいだったかもしれません。アリストテレスが、ハクション！

それからあと、なにがおこったのか、アリストテレスはよくおぼえていません。
ベラ・ドンナは、ミルクのつぼと、たまごの入《はい》ったバスケットをかかえて、農家《のうか》から出《で》てきたところでした。そして、目《め》のまえのさわぎにびっくりして、手《て》に持《も》っていたものを、みんな落《お》としてしまいました。
大《おお》きな犬《いぬ》が、身《み》の毛《け》もよだつようなうなり声《ごえ》をあげて犬小屋《いぬごや》からとびだしたかと思《おも》うと、そのほんの鼻先《はなさき》を、死《し》にものぐるいで白《しろ》ネコがにげ

ていきます。大《おお》きな犬《いぬ》は、とうとうネコに追《お》いついて、その大《おお》きなあごにくわえこみました。

ところが、犬《いぬ》は、くさりの長《なが》さまでしか行《い》けません。犬《いぬ》は、くさりに引《ひ》っぱられ、がくんと頭《あたま》を引《ひ》きもどされたはずみで、口《くち》をあけました。その口《くち》からこぼれて落《お》ちたのは、うろたえ、びくつき、どろんこになったアリストテレスでした。

家《いえ》にもどって、アリストテレスをきれいにしてみると、一本《いっぽん》の骨《ほね》も折《お》れていなかったので、ベラ・ドンナは安心《あんしん》しました。そうして、きびしい声《こえ》で言《い》いきかせました。

「いいかい、おまえさん。わたしの言《い》うことを、よく聞《き》かないといけないよ。ほんとに、ぎりぎりのところでたすかったんだからね。ちゃんと気《き》をつけないといけないよ、アリストテレスや。おまえさんの命《いのち》は、もう、あと三《みっ》つしかなくなった」

ベラ・ドンナは、アリストテレスをじぶんの顔《かお》の高《たか》さにだきあげて、その青《あお》い目《め》をのぞきこみました。アリストテレスは、ベラ・ドンナのまっ黒《くろ》い、きらきらひかる目《め》を見《み》かえしているうちに、こわい思《おも》いをしたこともすっかりわすれてしまい、ただうれしげに、からだをすりよせるばかりでした。

もう、アリストテレスは、けっして農家《のうか》の庭《にわ》に入《はい》ろうとしませんでした。ミルクやたまごを買《か》いに行《い》くベラ・ドンナといっしょに、とちゅうまで行《い》っても、木立《こだち》のはずれで立《た》ちどまって、帰《かえ》りを待《ま》つようになりました。

たまに、あの犬小屋《いぬごや》に住《す》む、おそろしいけだもののほえる声《こえ》が、聞《き》こえることがありましたが、もう二度《にど》と、その声《こえ》のもとに会《あ》いたいとは、思《おも》いませんでした。

ところが、それから一《いっ》か月後《げつご》のある日《ひ》、また会《あ》うことになったのです。

ベラ・ドンナが農家《のうか》の庭《にわ》を歩《ある》いていると、農家《のうか》のだんなが、犬小屋《いぬごや》に近《ちか》よって、犬《いぬ》の首輪《くびわ》をはずすのが見《み》えました。すると、犬《いぬ》は、ベラ・ドンナにむかって、ドタドタ走《はし》ってきました。

といっても、おどかすわけではなく、耳《みみ》をねかせて、しっぽをふって、大《おお》きな顔《かお》を、むじゃきに、にやっとほころばせて。

それを見《み》た農家《のうか》のだんなが、ベラ・ドンナに言《い》いました。

「みょうだなぁ。このガブリのやつは、だれにでもくってかかって、あっというまにかみつくのにさ。たいてい、そうさ。なのに、あんたのことは、すきみたいだな」

「きっと、こっちがこわがらないのが、わかるんでしょ」

ベラ・ドンナが片手《かたて》を出《だ》すと、犬《いぬ》は、その手《て》をなめはじめました。

「ちっと、はなしてやろうと思《おも》ってさ。

うちの果樹園《かじゅえん》のリンゴをくすねるがきどもが、来《き》てるんでね。ガブリのやつが、ぞうさなく追《お》っぱらってくれる」

犬《いぬ》のガブリは、しばらくリンゴの木《き》のあいだをかぎまわっていましたが、たまの自由《じゆう》をたのしもうと、林《はやし》のほうへやってきました。ウサギでもいやしないかと思《おも》ったのです。

ところが、やってくる犬《いぬ》のすがたを目《め》にとめたのは、ウサギではありませんでした。それは、一《いっ》ぴきの白《しろ》ネコ。

アリストテレスは、犬《いぬ》を見《み》ると、ベラ・ドンナを待《ま》っていることもなにもかもわすれて、

にげだしました。おびえたあまり、家《いえ》にむかわずに、ただただ、木立《こだち》のあいだを全速力《ぜんそくりょく》でかけていったのです。

鉄道《てつどう》が走《はし》る土手《どて》が見《み》えたので、二度《にど》とそっちへは行《い》きたくなくて、まわれ右《みぎ》をしました。すると、アリストテレスは知《し》りませんでしたが、林《はやし》の反対《はんたい》がわにそって走《はし》る道路《どうろ》へと、まっすぐむかうことになりました。

これも知《し》りませんでしたが、アリストテレスは、あとをつけられていました。白《しろ》い動物《どうぶつ》は、森《もり》や林《はやし》の緑《みどり》と茶色《ちゃいろ》の中《なか》にかくれようとしても、なかなかむずかしいもの。果樹園《かじゅえん》から出《で》た犬《いぬ》のガブリの目《め》に、ぴか

っとひかる白《しろ》いものが見《み》えたのです。
犬《いぬ》は、白《しろ》ネコが見《み》えたところまで、ドタドタとかけつけました。そのときにはもう、ネコはそこにはいなかったので、鼻《はな》を地面《じめん》につけて、においを追《お》いはじめました。
もう一人《ひとり》、アリストテレスのあとを追《お》っている人《ひと》がいます。買《か》ったものを持《も》って農家《のうか》からもどろうとしていたベラ・ドンナは、林《はやし》のはじの、ちょうど白《しろ》ネコが待《ま》っているあたりに、犬《いぬ》のすがたをみつけました。それで、ミルクのつぼとたまごを、しげみの下《した》にさっとかくすが早《はや》いか、ほうきを引《ひ》っつかみました。
そのころ、アリストテレスは、林《はやし》のわきをとおるくねくね道《みち》に出《で》たところでした。やれやれ、あのおそろしい化《ば》けものからにげきったと、足《あし》をとめて、ひとやすみ。ところが、まえを見《み》

ると、べつの化《ば》けものが、こちらにむかってくるではありませんか。それは、大《おお》型《がた》トラックでした。
そのおぞましく、やかましい化《ば》けものをさけようとしてふりむいたとたん、犬《いぬ》のガブリと、はちあわせしました。ずっとあとをつけてきたガブリが、ちょうどいま、アリストテレスにとびかかろうと、口《くち》をあんぐりとあけたところだったのです。
「あんなことは、はじめてだよ」
あとで、トラックの運転手《うんてんしゅ》が、家《いえ》でおくさんに話《はな》しました。

「白《しろ》いネコが、おれのトラックの下《した》にかけこんだんだ。ネコは、するっとタイヤのあいだをとおりぬけて、反対《はんたい》がわに出《で》た。そこへ大《おお》きな犬《いぬ》だ。ネコを追《お》っかけて、そいつもとびだしてくるから、おれは急《きゅう》ブレーキをかけた。そこへ、ばあさんが来《き》た。どこからともなく、急《きゅう》にあらわれたんだ。そのばあさんは、ほうきみたいなものを持《も》ってて、そいつで犬《いぬ》をぶったたいた。犬《いぬ》はキャンキャン鳴《な》いて、林《はやし》の中《なか》ににげてったよ。なのに、車《くるま》からおりて

みたら、だれもいないんだぜ。ネコも、犬《いぬ》も、ばあさんも。かげもかたちもありゃしない」

「ほうきみたいなものを持《も》ってたって言《い》ったね？」と、トラックの運転手《うんてんしゅ》のおくさん。

「ああ」

「なるほどね！　まさか、そのばあさんは、まっ黒《くろ》い服《ふく》を着《き》てたとか言《い》うんじゃなかろうね？　おまけに、まっ黒《くろ》いとんがりぼうしをかぶってたとかさ！」

「ああ、そのとおり」

化《ば》けものに追《お》いかけられたばかりか、べつの化《ば》けものにもつぶされかけたアリストテレスには、こわさも二倍《にばい》でした。それでも、なんとか立《た》ちなおると、帰《かえ》り道《みち》をみつけ、やっとのことで家《いえ》にたどりつきました。

ベラ・ドンナは、キッチンのかまどのまえで、鍋《なべ》をかきまぜています。テーブルの上《うえ》には、ミルクのつぼとたまごのかご。すみっこには、ほうきが立《た》てかけてあります。

アリストテレスは、ベラ・ドンナにかけよると、黒《くろ》くつしたをはいた足《あし》に、むちゅうでからだをこすりつけました。まるで機関車《きかんしゃ》のように、のどを鳴《な》らして。

「いいかい。こんどこそは、ぎりぎりだったねえ、おまえさん、二《ふた》つぶんの命《いのち》だ。犬《いぬ》とトラック――どっちもあぶないところだったよ、アリストテレスや。これでおまえは、とうとう九《ここの》つの命《いのち》のうち、八《やっ》つを使《つか》いはたした。おまえの九《ここの》つめの命《いのち》が、いつまでも、いつまでも、もちますように」

ベラ・ドンナは、白《しろ》ネコをだいてなでながら、しばらく口《くち》をつぐみました。

「言《い》っておくけど、アリストテレスや、おそらくそのとおりになるだろうよ」

つぎに農家《のうか》に行《い》く日《ひ》、ベラ・ドンナは、もちろん、アリストテレスを家《いえ》においていきましたが、まっすぐ庭《にわ》の犬小屋《いぬごや》にむかいました。

犬《いぬ》のガブリは、とびだしてきましたが、くさりに引《ひ》きもどされるまえに、ぴたっと止《と》まりました。だれだか、わかったようです。そして、ベラ・ドンナが耳《みみ》のうしろをかいてやると、ちぎれんばかりにしっぽをふりました。

「あやまりに来《き》たんだ。ほうきでぶったりして、わるかった

よ。さもないと、あんた、トラックに、ひかれるところだったからさ。だが、きっと、おしりだけじゃなく、心《こころ》もきずついたことだろう。ゆるしてくれるかい？」

ばかでかい犬《いぬ》は、へんじのかわりに、にやっとわらって、ベラ・ドンナの手《て》をなめました。

それから何《なん》か月《げつ》どころか、何年《なんねん》もたちました。アリストテレスは、りっぱなだけでなく、かしこいネコにそだちました。ベラ・ドンナの予言《よげん》どおり、九《ここの》つめの命《いのち》を、どんなめんどうもおこさず、じょうぶで、あぶなげなく、しあわせにくらしました。

けれども、犬《いぬ》には、命《いのち》がたったひとつしかありません。あの農家《のうか》では、犬《いぬ》のガブリが、だいぶ年《とし》をとりました。いまではもう、知《し》らない人《ひと》が来《き》ても、犬小《いぬご》屋《や》からとびだしもしません。いまではもう、だれかにかみつくこともしません。

庭《にわ》のくさりにつながれ、ほとんど寝《ね》たままで、毎日《まいにち》をすごしていました。

ある、あたたかな夜《よる》、犬《いぬ》のガブリは、いつもの場所《ばしょ》で満月《まんげつ》の明《あ》かりをあびて、しずかに寝《ね》ながら、みょうな夢《ゆめ》を見《み》ました。

夢《ゆめ》の中《なか》で、空《そら》からシュッというような音《おと》がして重《おも》い頭《あたま》を上《あ》げると、月《つき》のまえをとんでいく黒《くろ》いかげがあります。それは、見《み》おぼえのあるものにまたがっているように、そして、黒《くろ》いとんがりぼうしをかぶっているように、見《み》えました。その肩《かた》の上《うえ》には、白《しろ》いものがすわっていました。それは、遠《とお》いむかしのできごとを思《おも》い出《だ》させるような、なにかでした。

犬《いぬ》のガブリは、さいごにひと声《こえ》、大《おお》きくうなると、前足《まえあし》の上《うえ》に頭《あたま》を落《お》とし、それっきり、頭《あたま》を上《あ》げることがありませんでした。

ベラ・ドンナがつぎに農家《のうか》にやってきたとき、ふしぎなことに、アリストテレスがついてきました。白《しろ》いしっぽをゆらゆらさせながら。

アリストテレスは、ベラ・ドンナについて庭《にわ》に入《はい》り、犬小屋《いぬごや》の暗《くら》い入《い》り口《ぐち》のまえをとおりすぎました。犬小屋《いぬごや》の入《い》り口《ぐち》からは、長《なが》いくさりがのびていて、その先《さき》には、ずっしりと重《おも》い、鋲《びょう》を打《う》った首輪《くびわ》がありました。

首輪《くびわ》はからっぽでした。

きっと、みなさんは、アリストテレスが九《ここの》つめの命《いのち》を、いまもまだ、たのしんでいるかどうかを、知《し》りたいでしょうね？

もちろんです。いまやアリストテレスは、大人《おとな》のネコどころか、ほんものの魔女《まじょ》ネコになって、よい魔女《まじょ》ベラ・ドンナの仕事《しごと》をてつだっています。ベラ・ドンナが毎日《まいにち》かきまわしている鍋《なべ》の中身《なかみ》は、じぶんとネコのためのごはんのこともありますが、たいていは、頭《あたま》がいたいのや、歯《は》いた、おなかのいたいのをなおす魔法《まほう》の薬《くすり》なんです。

夜《よる》になると、ベラ・ドンナは、ほうきにまたがってとびたちます。どこへ行《い》くのか、もうアリストテレスも知《し》っています。なにせ、いっしょに行《い》きますから。病気《びょうき》の子《こ》どものところへ薬《くすり》を持《も》っていき、ねむっているあいだに、あれをひとさじ、これをひとさじと飲《の》ませてくるのです。そして、夜中《よなか》の十二時《じゅうにじ》までに仕事《しごと》を終《お》えて家《いえ》にもどれるように、いつも、ちゃんと気《き》をくばっています。

もちろん、アリストテレスも、すっかり年《とし》をとりました。ベラ・ドンナは、もっともっと年《とし》をとりました。いまでは、そのしらがは、アリストテレスの白《しろ》い毛《け》とおなじぐらい、まっ白《しろ》です。

二人《ふたり》は、いまも、木立《こだち》の中《なか》のわらぶき屋根《やね》の家《いえ》で、しあわせにくらしています。ベラ・ドンナとアリストテレスには、いっしょにすごす時間《じかん》が、まだまだ、たっぷりのこっていますからね。

訳者《やくしゃ》あとがき

「アリストテレス」がネコの名前だと聞くと、みなさんのお父さんやお母さんは、びっくりするかもしれませんね。というのは、ふつう「アリストテレス」といったら、人間、それも古代ギリシャの哲学者《てつがくしゃ》のことだと思うでしょうから。

人間のアリストテレスは、とても有名で、哲学《てつがく》のほかにも、さまざまな学問を修《おさ》めました。また、弟子《でし》たちには、よく散歩《さんぽ》しながら学問を教えたものです。散歩好《さんぽず》きは、ネコのアリストテレスと同じですね。そう考えると、きまじめな顔つきで歩くネコのアリストテレスが、哲学者《てつがくしゃ》のように見えてきませんか。

なお、アリストテレス（Aristoteles）というのはラテン語の言い方、英語《えいご》ではアリストトル（Aristotle）です――ネコと人間、両方とも。

名前ついでに、次は「ベラ・ドンナ」。ベラ・ドンナとは、イタリア語で「美しい貴婦《きふ》人《じん》」という意味です。同じ名前のナス科の植物があります（日本名はオオカミナスビ、セイヨウハシリドコロ）。この植物がベラ・ドンナとよばれるのは、ルネサンス時代のイタリアで、婦人《ふじん》たちが化粧《けしょう》用に使ったからといわれています。ベラ・ドンナの葉の汁《しる》をしぼって目にさすと、瞳孔《どうこう》が開いて瞳《ひとみ》が大きく輝《かがや》くように見えたのだそうです。

実は、ベラ・ドンナには猛毒《もうどく》があって、目がキラキラするどころか幻覚《げんかく》や錯乱状態《さくらんじょうたい》を引き起こし、死んでしまうこともあります。ですから、「悪魔《あくま》の草」ともよばれていて、言い伝えでは、悪魔《あくま》や魔女《まじょ》は、せっせとベラ・ドンナをさいばいして、毒薬《どくやく》や空をとぶ薬をつくったとか。

けれど一方では、ベラ・ドンナは、古くから薬草としても利用《りよう》されています。この植物にふくまれる「アトロピン」という薬の成分《せいぶん》は、今でも目薬や、胃腸《いちょう》の鎮痛剤《ちんつうざい》に入っていたり、サリンなどの中毒患者《ちゅうどくかんじゃ》の治療《ちりょう》にも使われるそうです。

では、作者はどうして、この本に出てくる魔女《まじょ》を「ベラ・ドンナ」という名前にしたのでしょうね？　みなさんは、どう思いますか？

さて、『ネコのアリストテレス』では、「ネコには九つの命がある」と語られます。これは英語《えいご》のことわざ A cat has nine lives. から来ています。その意味は、ネコは九回生まれ変《か》わる――つまり、ネコは長生きで、そうかんたんには死なないということ。ネコの動きのすばやさ、敏感《びんかん》さ、高いところから落ちてもちゃんと立つところなどを見て、昔の人はそう感じたのでしょう。

ネコに九つの命があることを下敷《したじ》きにして、こんなことわざもあります。

Care killed the cat. 心配はネコをも殺《ころ》す。(心配は体に悪い。)

Curiousity killed the cat. 好奇心《こうきしん》はネコをも殺《ころ》す。(好奇心《こうきしん》はほどほどに。)

A cat has nine lives and a woman has nine cat's lives. ネコには九つの命があり、女性《じょせい》にはネコ九ひき分の命がある。(女は強い!!)

のどがかわいたアリストテレスが顔をつっこんでひどい目にあった、大きなミルクつぼ。中のミルクには「ハトミルク」が混《ま》ざっていました。ハトは鳥です。おっぱいもないのに、ミルクが出るのでしょうか?

調べてみると、ハトミルクとは、ピジョンミルクともよばれる、ミルクに似《に》た分泌液《ぶんぴつえき》のことでした。卵《たまご》からかえったばかりの雛《ひな》を育てるために、親バトが口うつしで飲ませます。「嗉嚢《そのう》」という器官《きかん》でつくられるハトミルクは、メスだけでなくオスからも出ます。たんぱく質《しつ》と脂肪《しぼう》がたっぷりで栄養満点《えいようまんてん》だそうですが、ざんねんながら、わたしはまだ味見をしたことがありません。

最後に、作者のディック・キング=スミスについて。

イギリス生まれで、世界じゅうの子どもたちを楽しませている人気作家。映画《えいが》「ベイブ」の原作となった『子ブタ シープピッグ』（評論社）、映画《えいが》「ウォーター・ホース」の原作となった『おふろのなかからモンスター』（講談社）をはじめ、動物の物語をたくさん書いています。田舎暮《いなかぐ》らしと動物が大好《だいす》き。農家の仕事をしていたこともあり、今も動物をたくさん飼《か》っているので、この本のあちこちにもその知識《ちしき》と経験《けいけん》がちりばめられています。

一九二二年生まれの八十六歳《さい》ですが、ベラ・ドンナにくらべたらまだまだ若《わか》い。次にはどんな物語を書いてくれるか、楽しみですね。

石随《いしずい》じゅん

二〇〇八年九月

著者：ディック・キング=スミス Dick King-Smith
1922年、イギリスのグロスターシャー生まれ。第二次世界大戦にイギリス陸軍の将校として従軍し、戦後は長い間、農業に従事。50歳を過ぎてから教育学の学位を取り、小学校の教師となる。その頃から童話を発表しはじめ、60歳になった1982年以後は執筆活動に専念している。主な邦訳作品に、ガーディアン賞受賞の『子ブタ シープピッグ』、『飛んだ子ブタ ダッギィ』『ソフィーとカタツムリ』『ソフィーと黒ネコ』（以上、評論社）、『かしこいブタのロリポップ』（アリス館）、『奇跡の子』（講談社）、『魔法のスリッパ』（あすなろ書房）などがある。

画家：ボブ・グラハム Bob Graham
1942年、オーストラリアのシドニー生まれ。アート・スクールで絵画を学び、その後イラストレーターとして活躍。絵本『いぬが かいた〜い！』（評論社）でボストングローブ・ホーンブック賞、オーストラリア児童図書賞を受賞。ほかの邦訳絵本に、『チャボのオッカサン』『ちいさなチョーじん スーパーぼうや』（以上、評論社）などがある。

訳者：石随じゅん（いしずい・じゅん）
1951年、横浜市生まれ。明治大学文学部卒業。公立図書館に勤務ののち、主に児童文学の翻訳に携わる。訳書に、D・キング=スミス『ソフィーとカタツムリ』『ソフィーと黒ネコ』など。

■評論社の児童図書館・文学の部屋
ネコのアリストテレス
二〇〇八年一〇月一〇日　初版発行
二〇一〇年　五月一〇日　四刷発行
●――著　者　ディック・キング=スミス
●――画　家　ボブ・グラハム
●――翻訳者　石随《いしずい》じゅん
●――発行者　竹下晴信
●――発行所　株式会社評論社
〒162-0815　東京都新宿区筑土八幡町二-二一
電話　営業〇三-三二六〇-九四〇九
編集〇三-三二六〇-九四〇三
振替　〇〇一八〇-一-七二九四
●――印刷所　凸版印刷株式会社
●――製本所　凸版印刷株式会社

ISBN978-4-566-01343-8　NDC933　70p.　201㎜×150㎜
http://www.hyoronsha.co.jp

やりぬく女の子ソフィーの物語 シリーズ

ディック・キング=スミス 作／デイヴィッド・パーキンズ 絵
石随じゅん 訳

ソフィーは4才の女の子。生きものがだいすきで、物置に、ダンゴムシ、ゲジゲジ、ハサミムシ、カタツムリなどを飼っています。大きくなったら〈女牧場マン〉になるつもり。ふたごのお兄ちゃんたちは、ばかにしていますが、お父さんは、「おまえなら、なれるさ。なんだってきっとやりぬく子だから」と言ってくれます。ソフィーには、アルおばさんという心強い味方がいます。その手助けのおかげもあって、5才、6才、7才となるにつれて、ソフィーは少しずつ〈女牧場マン〉に近づいていきます。まっすぐで心やさしい、しっかり者のソフィーを、あなたもきっと、応援したくなりますよ。

1 ソフィーとカタツムリ 128ページ
2 ソフィーと黒ネコ 144ページ
3 ソフィーは子犬もすき 160ページ
4 ソフィーは乗馬がとくい 128ページ
5 ソフィーのさくせん 160ページ
6 ソフィーのねがい 152ページ

まえがき

大学３年次から４年次へと進学するころ，筆者は，卒業研究でどのようなテーマに取り組むかについて悩んでいた。図書館に行っては手当たり次第に国内外の研究雑誌のページをめくり，面白そうな論文だと思えばコピーして眺めていた（当時はまだ，pdfファイルで論文が読める時代ではなかった）。おそらく現在も，多くの大学で心理学を専攻する学生は，同じようなことをしているのではないだろうか。

当時，いくつか卒業研究の候補となった研究テーマがあった。とはいえ，基本的に自我や自己，パーソナリティのような概念に興味があったので，その周辺の論文を中心に読んでいた。そしてある時，ふとしたきっかけで，自己愛の論文を読んだのである。今はもう，その最初の論文がどれだったのかは覚えていない。しかしきっとその論文は，本書の中のどこかに登場してくるはずである。

筆者が自己愛という研究テーマに出会った1993～1994年ごろというのは，アメリカ精神医学会の診断・統計マニュアル（DSM-Ⅳ; American Psychiatric Association, 1994）が出版されて，DSM-Ⅲ（American Psychiatric Association, 1980）に引き続き自己愛性パーソナリティ障害の診断基準が記載されたころである。なお，自己愛の本格的な実証的な研究が始まったのは，DSM-Ⅲに自己愛性パーソナリティ障害の診断基準が記載され，ラスキン（Raskin, R.）とホール（Hall, C. S.）が自己愛人格目録（Narcissistic Personality Invenory; NPI; Raskin & Hall, 1979）を開発してからであるといってよいだろう（ちなみに発表年から推測すると，彼らはDSM-Ⅲのドラフト版の段階で尺度構成を行ったようである）。また1990年代半ばというのは，ラスキンらの初期の研究から一般的なパーソナリティ特性として自己愛を研究し，さらに自己愛を応用した心理学的モデルの実証的研究へと発展していくような段階（たとえば，John & Robins, 1994; Watson & Biderman, 1993）にあったといえるだろう。

同じころ，わが国においても複数の研究者が一般的なパーソナリティ傾向として自己愛を研究し，学会発表をしたり論文を発表したりしていた。しかし当時はやはり，心理学者の認識も一般的な認識も，「自己愛」といえば精神分析学的概念であり，通常範囲のパーソナリティ特性としての自己愛というイメージは抱かれていなかった。ちょうどそのころ，自己心理学を提唱していた精神分析家コフート（Kohut, H.）の3部作の日本語訳が出版されており（Kohut, 1971, 1977, 1984; 日本語訳の出版は1994, 1995a, b），ますます自己愛の精神分析学的なイメージは強まっていたかもしれない。

海外では1990年代半ば，社会心理学やパーソナリティ心理学の領域で一般的なパーソナリティ特性としての自己愛が研究されていた。この分野で盛んに実証的な研究が行われるようになり，一気に自己愛に関連する論文数が増加してきたのである（小塩, 2010）。わが国においても，1990年代の終わりから2000年代にかけて，一般のパーソナリティ傾向としての自己愛を取り上げた研究が増えてきた。他の研究領域でもよくあることだが，自己愛の研究領域においても同様に，海外の研究が盛り上がりを見せてから数年のタイムラグを経て盛んになってくるということが見られたのである。

海外では2000年代に入って以降も，自己愛に関連する研究の勢いが衰えるようなきざしは見られず，さらに他の領域へと波及する様子さえうかがえるほどである。それはわが国においても同じであり，若く優秀な研究者たちが自己愛を研究テーマとしたり，自己愛概念を応用した研究を行ったりしている。

本書は，日本心理学会で継続的に行ってきた，自己愛をテーマとしたワークショップから生まれたものである。2008年9月に開かれた日本心理学会第72回大会では「自己愛研究の最前線――誇大性と脆弱性へのアプローチ――」，第73回大会では「自己愛研究の最前線（2）――自己愛と自尊感情の関連を中心に――」，そして第74回大会では「自己愛研究の最前線（3）――対人関係における自己愛の諸相――」と，ワークショップの回を重ねてきた。そしてその中で，あらためて一般的なパーソナリティとしての自己愛を扱う研究がどこまで到達しており，またどのような新たな課題が存在しているのかについて議論を重ねてきた。そのような状況の中，現段階におけるわが国の自己愛研究をまとめる書籍の必要性から，本書の企画が持ち上がってきたというわけである。

本書は，大きく5つの部分からなっている。第1部（第1章から第3章）は序論であり，自己愛の実証的な研究と尺度の変遷を，歴史的に概観する。おおまかにではあるが，自己愛がどのように実証的に研究されてきたのかについて，そして臨床的な概念としての自己愛と実証的な研究における自己愛との相互関係についても理解できるであろう。第2部（第4章から第6章）では，自己愛の誇大性と過敏性に焦点を当てる。この研究トピックは，近年わが国の自己愛研究において，中心的な位置を占めてきたものである。実際に研究を行っている研究者が何を考えてこのトピックを扱ってきたかが垣間見えるだろう。第3部（第7章から第9章）では，自己愛と関係の深い自己概念や自尊感情などの概念に焦点を当てる。これらの章は，関連概念の整理にも役立つであろう。第4部（第10章から第12章）は，自己愛と対人関係に関連する内容で構成されている。自己愛は特殊な対人関係のパターンとかかわっており，この分野の研究は自己愛という概念を理解する上でも重要である。そして第5部（第13章および第14章）では今後，自己愛の研究がどのような方向に進んでいくのか，あるいは進んでいくべきかを論じて本書を閉じたい。

なお，本書では各執筆者がそれぞれの立場で自己愛を論じることができるように配慮している。この研究領域は，研究者間で完全に議論が収束しているわけではなく，互いに矛盾していたり対立していたりする部分も残されている。そこで本書では，意見の一致や用語の完全な統一をあえて避けた部分もある。あくまでもそれは，研究の現状を隠すことなく記録に残しておくことが，今後の研究の発展には有用であるという編者の考えによるものであることを付記しておく。

臨床的概念ではない，一般的な人々がもつ自己愛を実証的に研究した内容の書籍には，拙著『自己愛の青年心理学』（小塩，2004）がある。しかしながら，多くの論文が出版されている自己愛の研究領域においては，やや情報が古くなった部分もある。本書は，『自己愛の青年心理学』以降に行われた国内外の最新の研究成果もふまえながら，現在意欲的に研究を行っている若手研究者が中心となって執筆したものである。本書が，自己愛という魅力的でありながらも難しい概念に興味をもつ多くの方々の目に留まるようであれば幸いである。

ただし，本書は自己愛を研究するすべての研究者に執筆を依頼しているわけではない。その点で，内容に偏りのある部分があることは否定できない。この点に関しては，われわれ編者の力不足もある。不十分な点はお詫び申し上げ，改善を次の機会へとつなげることにしたい。

なお本書の出版にあたり，金子書房編集部の岩城亮太郎氏には並々ならぬご尽力をいただきました。心より感謝申し上げます。

2011年4月

編者を代表して
小塩真司

［引用文献］

American Psychiatric Association (1980). *Diagnostic and statistical manual of mental disorders.* 3rd ed. Washington DC: Author.

American Psychiatric Association (1994). *Diagnostic and statistical manual of mental disorders.* 4th ed. Washington DC: Author.

John, O. P., & Robins, R. W. (1994). Accuracy and bias in self-perception: individual differences in self-enhancement and the role of narcissism. *Journal of Personality and Social Psychology*, **66**, 206–219.

Kohut, H. (1971). *The analysis of the self.* New York: International Universities Press.
（コフート，H.　水野信義・笠原嘉（監訳）(1994).　自己の分析　みすず書房）

Kohut, H. (1977). *The restoration of the self.* New York: International Universities Press.
（コフート，H.　本城秀次・笠原嘉（監訳）(1995a).　自己の修復　みすず書房）

Kohut, H. (1984). *How does analysis cure ?* Chicago: The University of Chicago Press.
（コフート，H.　本城秀次・笠原嘉（監訳）(1995b).　自己の治癒　みすず書房）

小塩真司 (2004).　自己愛の青年心理学　ナカニシヤ出版

小塩真司 (2010).　膨れ上がった自己――自己愛的パーソナリティ――　心理学ワールド, **50**, 9–12.

Raskin, R., & Hall, C. S. (1979). A narcissistic personality inventory. *Psychological Reports*, **45**, 590.

Watson, P. J., & Biderman, M. D. (1993). Narcissistic personality inventory factors, splitting, and self-consciousness. *Journal of Personality Assessment*, **61**, 41–57.

目　次

まえがき　小塩真司　i

第１部　序　論　1

第１章　自己愛の心理学的研究の歴史　川崎直樹　2
1. 現代社会と自己愛　2
2. 自己愛理論の興り　5
3. 自己愛の実証的研究の始まり　10
4. 自己愛の概念的構造　12
5. 日本語で読めるレビュー文献　15

第２章　自己愛の測定：尺度開発と下位次元　小塩真司　22
1. 海外における自己愛測定の変遷　22
2. 日本における自己愛測定の変遷　27
3. 自己愛の構造　30

第３章　自己愛の臨床と実証研究の間　上地雄一郎　37
1. 筆者自身の研究の航跡　37
2. 臨床研究から実証研究への示唆　43

第２部　自己愛の誇大性と過敏性　53

第４章　自己愛の誇大性と過敏性：構造と意味　中山留美子　54
1. 自己愛の臨床像に関する理解の拡大　54
2. ２つのタイプの自己愛　55
3. 自己愛の誇大性と過敏性：特徴と機能に関する実証知見からの示唆　61
4. 自己愛的な心理のプロセスを捉えるモデル　65

第５章　自己愛と対人恐怖　清水健司　70
1. 青年期における自己愛と対人恐怖　70
2. 自己愛と対人恐怖における臨床タイプ　73
3. 対人恐怖心性-自己愛傾向２次元モデル　76
4. ２次元モデルにおける各類型の特徴　79

5. 対人恐怖と社交恐怖の相違　82

第６章　誇大性と過敏性：理論と測定　小塩真司　88
1. 類型と特性　88
2. 自己愛傾向の２成分モデル　90
3. モデル統合の試み　93

第３部　自己愛と自己過程　99

第７章　自己愛パーソナリティと自己概念の構築プロセス　川崎直樹　100
1. 自己構築プロセスとしての自己愛パーソナリティ　100
2. 自己愛パーソナリティと自己概念の諸特徴　102
3. 自己愛パーソナリティと内的な認知過程　106
4. 自己愛と対人恐怖に共通の自己構築プロセス　109
5. まとめ　112

第８章　自己愛と脆弱な自尊感情　市村美帆　116
1. 潜在的-顕在的自尊感情　117
2. 随伴的自尊感情　120
3. 自尊感情の変動性　125
4. 自己愛と脆弱な自尊感情との関連　129

第９章　自己愛と自尊感情：メタ分析と３つの理論からの解釈　岡田　涼　134
1. 自己愛と自尊感情　135
2. ソシオメーター理論と自己愛　137
3. 自己決定理論と自己愛　140
4. 存在脅威管理理論と自己愛　143
5. おわりに　146

第４部　自己愛と対人関係　151

第10章　自己愛と恋愛関係　寺島　瞳　152
1. 恋愛関係への認知様式　153
2. パートナーの特徴　155
3. パートナーとの関わり方の特徴　156
4. 拡張エージェンシーモデル　161
5. おわりに　163

第 11 章　自己愛と攻撃・対人葛藤　阿部晋吾　167
1. ナルシストは凶暴か　167
2. 攻撃行動の分類　168
3. 自己本位性脅威モデル　169
4. 自己愛と攻撃性　171
5. 攻撃性と人間関係　173
6. 自己愛と対人葛藤　175
7. 自己愛と返報性　177
8. 高自己愛傾向者がよりよい人付き合いをするために　179
9. まとめ　181

第 12 章　自己愛と現代青年の友人関係　岡田　努　184
1. 現代青年の友人関係の特質　184
2. 現代青年の友人関係と自己愛：実証的研究から　187
3. まとめ　196

第 5 部　自己愛研究のこれから　201

第 13 章　自己愛研究の近年の動向　川崎直樹　202
1. 現代社会の問題を反映した研究　202
2. 自己愛の発達について　204
3. 臨床と実証との交流　207
4. 新しい研究アプローチ　212
5. 研究者の視点と自己愛研究の展開　216

第 14 章　わが国における今後の自己愛研究　小塩真司　222
1. 自己愛概念をどう捉えるか　222
2. 自己愛概念と現実との接続　227
3. 最後に　229

人名索引　231
事項索引　239
執筆者一覧　245
編者紹介　247